Catalogage avant publication de Bibliothèque et Archives nationales du Québec et Bibliothèque et Archives Canada

Bergeron, Alain M., 1957-

  Le bandit des grands chemins

  (Le chat-ô en folie; 15)
  Pour enfants de 6 ans et plus.

  ISBN 978-2-89591-153-1

  I. Fil, 1974- . II. Julie, 1975- . III. Titre. IV. Collection: Chat-ô en folie; 15.

PS8553.E674B36 2012   jC843'.54   C2012-940645-7
PS9553.E674B36 2012

Correction et révision: Annie Pronovost

Tous droits réservés
Dépôts légaux: 3ᵉ trimestre 2012
Bibliothèque et Archives nationales du Québec
Bibliothèque et Archives Canada
ISBN: 978-2-89591-153-1

© 2012 Les éditions FouLire inc.
4339, rue des Bécassines
Québec (Québec) G1G 1V5
CANADA
Téléphone: 418 628-4029
Sans frais depuis l'Amérique du Nord: 1 877 628-4029
Télécopie: 418 628-4801
info@foulire.com

Les éditions FouLire reconnaissent l'aide financière du gouvernement du Canada par l'entremise du Fonds du livre du Canada pour leurs activités d'édition.

Elles remercient la Société de développement des entreprises culturelles du Québec (SODEC) pour son aide à l'édition et à la promotion.

Elles remercient également le Conseil des Arts du Canada de l'aide accordée à son programme de publication.

Gouvernement du Québec – Programme de crédit d'impôt pour l'édition de livres – gestion SODEC.

Imprimé avec des encres végétales sur du papier dépourvu d'acide et de chlore et contenant 10% de matières recyclées post-consommation.

MIXTE
Issu de sources
responsables
FSC® C023527

IMPRIMÉ AU CANADA/PRINTED IN CANADA

Le bandit
des grands chemins

Miniroman de Alain M. Bergeron – Fil et Julie

LE CHÄT-Ô EN FOLIE

Il y a des personnages, dans la Vallée du temps fou, fou, fou, que j'aime beaucoup, beaucoup, beaucoup.

Comme le roi Corduroy. Ou Altesse, la princesse, même si elle a tout un caractère.

– Que dis-tu, Coquin le chat ? se fâche Altesse.

– Je dis que vous n'êtes pas dans le bon livre, princesse.

J'apprécie aussi Pépé, le petit chevalier. Il est très courageux. Par contre, Gadoua… Gadouache! Pouah! Pouache!

Et il y a Louis Mandrin. Tu ne le connais pas encore. C'est le bandit des grands chemins. Faut-il s'en méfier?

Moi, Coquin, le chat du château, je te raconte…

Chapitre 1

Une nouvelle journée commence à l'école des chevaliers au Royaume d'En-Bas. Il n'y aura pas de combats à l'épée. Il n'y aura pas de nettoyage de l'écurie royale. Il n'y aura pas, non plus, de courses à cheval.

Non, ce matin, les apprentis chevaliers sont réunis dans une classe. Stylo à la main, ils ont des devoirs à faire.

Maître Bourbon indique à ses élèves ce qu'il attend d'eux.

– Proposez une devise pour votre groupe. Une devise est une phrase que l'on crie quand on attaque l'ennemi.

Pépé fixe sa feuille de cartable. Quelle devise pourrait-il créer ? À ses côtés, Gadoua de la Bourrique gribouille. Il attire l'attention de son voisin.

– Eh! Regarde ça!

Le petit chevalier lève les yeux. Gadoua a dessiné la tête de Pépé avec les oreilles de son âne magique.

– Hi-han! Hi-han! fait Gadoua. Hi...

Maître Bourbon fronce son mono-sourcil et l'interrompt.

– Messire Gadoua, vous désirez partager votre opinion avec le reste de la classe?

– ...han! Euh... non, maître Bourbon. C'est Pépé qui m'empêche de travailler. Vilain Pépé!

– Puisque vous aimez tant braire, messire Gadoua, vous irez nettoyer l'écurie, demain matin, annonce le professeur.

– C'est de ta faute, Pépé! le blâme Gadoua.

Le petit chevalier hausse les épaules. Il lui répond:

– Hi-han!

Au bout de dix minutes, on frappe à la porte du local. C'est Altesse, la princesse. Maître Bourbon la prie d'entrer. Il lui explique la tâche de ses élèves.

– Ah! se réjouit Altesse. Je peux entendre quelques-uns de ces cris?

Gadoua lève la main.

– Moi! Moi! Voici mon idée géniale: «Qui m'aime me suive!»

Pépé se moque de lui.

– Tu risques d'aller seul au combat si tu cries ça !

Le petit chevalier formule également sa suggestion.

– À cœur vaillant, rien n'est impossible !

Tout le monde l'applaudit, sauf Gadoua. On décide donc d'adopter cette devise pour l'école des chevaliers.

– Ce chouchou et son cœur vaillant, ça fait gnangnan ! boude Gadoua.

Au même instant, le chambellan fait son entrée dans la pièce. Messire Ardent affiche un air paniqué.

– Altesse, un drame s'est produit. Le roi Corduroy a été enlevé !

Chapitre 2

Le Royaume d'En-Bas est en émoi : Corduroy, le roi, a été enlevé. Il était parti tout seul pour cueillir des cerises. Altesse convoque la cour. Les apprentis chevaliers assistent à la rencontre.

Le roi a disparu sur la route des Grands Chemins. Cette route relie les Royaumes d'En-Bas et d'En-Haut.

– C'est sûrement l'œuvre de Louis Mandrin, ce bandit des grands chemins, croit le chambellan.

Messire Ardent lit un message écrit avec des lettres découpées dans des journaux. Cette lettre a été apportée au château par le comte de la Poste, il y a quelques minutes.

– Le ravisseur exige une rançon de 2000 pièces d'or.

– Quel beau timbre pour une si sombre enveloppe! se désole Altesse.

Pépé songe au montant exagéré de la rançon. Une vraie fortune! Mais la princesse n'hésite pas un instant :

– Maître Bourbon, voilà une délicate mission pour nos futurs chevaliers. Ils livreront la rançon pour libérer mon père.

Le chambellan lui montre une dernière phrase à la fin de la lettre.

– C'est un mot écrit à la main,
pour vous, de la part du roi.

Ébranlée, Altesse lit d'une voix
tremblante :

« N'oubliez pas de nourrir Briquet,
mon petit lapin... Et de changer
sa litière... »

Le chambellan pousse un soupir.

– Je m'en occupe, princesse.

Messire Ardent s'éloigne d'un pas lent. Il n'est pas pressé d'aller porter la nourriture à Briquet, le dragon...

*

Malgré son nom, la route des Grands Chemins n'est pas très large. C'est à peine si deux charrettes peuvent s'y croiser. Elle n'est toujours pas asphaltée et elle est bordée de forêts. C'est un endroit où les bandits peuvent attaquer facilement. Ils peuvent se cacher une fois leur méfait accompli.

Menés par Gadoua, les apprentis chevaliers avancent avec précaution. Ils se dirigent vers le lieu du rendez-vous, fixé par les ravisseurs. Il est situé entre le Royaume d'En-Bas et le Royaume d'En-Haut. C'est là que la rançon doit être versée.

– Nous approchons ! déclare Gadoua.

Pépé, assis sur son âne magique, est nerveux. Comme si une menace planait au-dessus de sa tête.

– Hi-han ! brame l'âne à l'intention de son cavalier.

– Oui, je serai prudent, lui promet Pépé à voix basse.

Le petit chevalier est le seul à comprendre ce que sa monture raconte.

Soudain, une dizaine d'hommes masqués surgissent de la forêt.

Gadoua n'hésite pas une seconde.

– Qui m'aime me suive ! hurle-t-il.

Il part au galop… et les autres restent derrière ! Pépé brandit son épée. Il crie la devise des apprentis chevaliers :

– À cœur vaillant, rien n'est impossible !

– Yaaaaaah ! rugissent ses équipiers en attaquant.

C'est un piège! La riposte
vient de tous les côtés.
Rapidement, les protégés de
maître Bourbon sont débordés.
Pépé désarme un adversaire,
en projette un deuxième au
sol. Mais les ennemis sont trop
nombreux. Ses compagnons
sont capturés.

L'âne magique profite d'une
brèche pour foncer vers la forêt.
Là, Pépé pourra trouver refuge.

Le petit chevalier se croit maintenant tout seul.

Non, pas vraiment...

Une silhouette surgit près de lui.

Pas une... Plusieurs!

Chapitre 3

Pépé a échappé à une première agression sur la route des Grands Chemins. Mais une fois en sécurité dans la forêt, il est encerclé par une brigade d'hommes.

Le cœur battant, il sait qu'il ne pourra pas tous les affronter. Il remarque que son âne demeure très calme. Pas de conseil de fouiller dans son sac pour trouver une solution d'urgence. Pas un seul hi-han ! C'est curieux, dans les circonstances.

Pépé pointe son arme vers celui qui paraît être le chef du groupe. C'est un type élancé, coiffé d'un large chapeau de feutre bordé d'or.

– Rendez-vous! lui ordonne Pépé d'une voix tremblotante.

L'homme éclate de rire. Il retire son chapeau et s'incline.

– Louis Mandrin, pour vous servir, messire...?

– Pépé, répond le petit chevalier.

– Hi-han! ajoute l'âne.

– Enchanté! dit Louis Mandrin avec un sourire.

– Où est Corduroy, le roi? demande Pépé, qui essaie de surmonter sa peur.

– Le roi n'est pas avec nous! Quelqu'un a vu Corduroy dans les parages?

La remarque amuse les complices de Louis Mandrin. Mais pas Pépé.

– Vous mentez, monsieur ! lui reproche durement le garçon. Nous sommes venus livrer la rançon pour le libérer. Vos hommes nous sont tombés dessus.

Louis Mandrin remet son chapeau. Il est étonné.

– Ah ? Il faudrait me raconter, messire Pépé.

Le petit chevalier baisse son arme. Le voleur semble vraiment intéressé. Pépé lui résume les faits qui l'ont conduit dans cette forêt.

À la fin de son récit, Louis Mandrin éclate de rire.

– Voilà qui explique tout !

Mandrin l'invite à le suivre au cœur de la forêt.

– Nous volons les riches marchands pour nourrir les pauvres de la région, précise Louis Mandrin. Toutefois, nous n'avons rien à voir avec cette histoire. Corduroy est un bon roi. On ne peut pas en dire autant de sa cousine, Barbelée…

Ils approchent d'une clairière. Derrière un bosquet, Pépé aperçoit un groupe de gaillards. Ce sont les assaillants des apprentis chevaliers. Près d'eux, il reconnaît ses compagnons assis sur le sol. Ils ont les mains attachées dans le dos.

Pépé s'apprête à pousser un cri pour passer à l'attaque. Louis Mandrin lui impose le silence.

– Seul contre eux, vous ne pourrez rien faire. Écoutez et observez, d'abord, lui conseille-t-il.

Plus loin, des brigands se sont réunis autour d'un individu de haute taille. Celui-ci est en train de compter à voix forte la rançon.

– 1998, 1999, 2000! Il n'en manque pas une! se réjouit-il.

– Votre plan a fonctionné, chef. Tout le monde va croire que c'est Louis Mandrin et sa bande qui ont enlevé le roi.

Pépé est troublé.

– Ha! Ha! Ha! ricane le chef.
Altesse, la princesse, est très naïve.
Vous savez ce que nous allons
faire? Nous retournerons Corduroy
chez lui. Nous garderons la rançon.
Ensuite, nous l'enlèverons de
nouveau la semaine prochaine!
Ha! Ha! Ha!

– Vous êtes odieux! s'écrie le roi,
enfermé dans une tente.

Chapitre 4

Pépé souhaite libérer le roi et les apprentis chevaliers. Il désire aussi récupérer les 2 000 pièces d'or de la rançon. Quant à Louis Mandrin, il veut laver son honneur. Ce n'est pas lui qui a enlevé le roi et il faut que tout le monde le sache.

Le bandit des grands chemins réunit ses hommes.

– Messieurs, nous frapperons lorsqu'il fera noir. Messire Pépé, vous vous occuperez de vos amis.

– La tâche ne sera pas facile, réplique le petit chevalier. Nous sommes moins nombreux qu'eux...

– Vous avez raison. Mais n'oubliez pas : à cœur vaillant, rien n'est impossible !

*

La nuit tombée, Louis Mandrin et sa troupe entament leur mission. Leur succès repose sur l'effet de surprise.

Les hommes de Mandrin assomment sans difficulté les deux sentinelles qui montent la garde du camp. Sans le moindre bruit. On dirait qu'ils se déplacent comme des fantômes. Ils se dirigent vers une tente où ronfle le roi Corduroy.

Pépé, lui, doit sauver les apprentis chevaliers. Dans la noirceur, ce n'est pas facile.

Il fouille dans le sac de son âne magique. Il trouve une lampe de poche. Il pourra agir à sa guise, sans alerter ses ennemis.

Avec la discrétion d'une souris, Pépé s'avance vers le premier de ses compagnons captifs. Il le réveille doucement. C'est Gadoua! De son épée, il coupe les cordes qui retiennent ses poignets et ses chevilles.

– Donne-moi ça! ordonne Gadoua à Pépé.

Gadoua lui ôte son épée et sa lampe de poche. Puis, il délivre les autres.

– C'est mon travail, dit-il à Pépé. Pas le tien.

Au bout de quelques minutes, les apprentis chevaliers sont libres. Pépé voit qu'il y a de l'action ailleurs. Louis Mandrin et sa bande ont réussi à délivrer Corduroy.

Le petit chevalier fait signe à ses équipiers de se réfugier dans la forêt.

– Pas question ! s'emporte Gadoua. Le bandit des grands chemins a enlevé le roi. Il faut le capturer. Qui m'aime me suive !

Il s'élance vers celui qu'il croit son ennemi. Cependant, il est cloué au sol par les compagnons de Mandrin. Les apprentis chevaliers ne comprennent plus rien. Pépé chuchote qu'il leur expliquera tout plus tard.

Gadoua est bâillonné et ficelé. Pour qu'il ne crie pas. Pour qu'il ne morde pas.

Avec Pépé et Mandrin à sa tête, le groupe s'éloigne, sa mission couronnée de succès.

Louis Mandrin et ses hommes escortent le roi, Pépé et les apprentis chevaliers. Ils les mènent aux portes du château.

Dès qu'Altesse aperçoit son père, elle se précipite dans ses bras.

– Et comment va Briquet, mon petit lapin ? demande le roi.

– GROUAAFFF ! rugit le dragon.

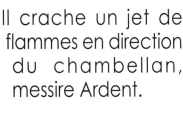

Il crache un jet de flammes en direction du chambellan, messire Ardent.

– Votre petit lapin va bien, Majesté. Et moi également...

Pépé tend les 2000 pièces d'or à Altesse.

– Nous avons pu retrouver le roi ET la rançon.

La princesse refuse.

– C'est pour vous. Il s'agit de la récompense pour le retour du roi. Vous avez toute notre reconnaissance, lui dit-elle.

– Merci! s'interpose Gadoua, en lui arrachant la bourse des mains. Nous la partagerons entre les apprentis chevaliers. J'aurai la moitié de la part. Le reste sera divisé entre...

D'un geste brusque, Pépé s'empare du sac de pièces d'or. Il le remet plutôt à Louis Mandrin.

– Vous avez droit à cette prime.

– Mais c'est le bandit des grands chemins! s'offusque Gadoua.

Altesse lui ordonne de se taire. Louis Mandrin remercie Pépé.

– Nous connaissons des enfants dans le royaume voisin. Ils n'ont pas mangé à leur faim depuis longtemps. Nous ferons bon usage de cet or, messire Pépé au cœur vaillant…

Il retire son chapeau de feutre et s'incline devant lui.

– Nous avons aussi un compte à régler avec ces vilains qui veulent se faire passer pour la bande du célèbre Louis Mandrin…

Pépé regarde Mandrin s'éloigner avec ses compagnons.

Le bandit des grands chemins n'est peut-être pas méchant, après tout.

C'est un homme au grand cœur.

Je l'aime bien, ce Louis Mandrin. Comme lui, moi, Coquin, je suis un bandit des grands chat-mins.

Je fouille en cachette dans les cuisines du château. Et quand je n'ai plus faim, je donne les restes de mon repas aux chats les plus pauvres du royaume.

J'ai même ma devise.

« À chat vaillant, rien n'est impossible ! »

Cha-lut !

FIN

www.chatoenfolie.ca

Les pensées de Coquin

Moi, le Coquin, je me glisse dans les illustrations. À toi de me trouver ! Et si tu veux savoir chaque fois ce que je pense, va vite sur le site découvrir *Les pensées de Coquin*, tu vas bien t'amuser.

Les mots modernes

Alain, Fil et Julie ont mis dans le roman des mots et des objets inconnus à l'époque des châteaux. Pour les retrouver tous, viens t'amuser sur mon site Web en cliquant sur le jeu « Mots modernes ». Il y a aussi plein d'autres activités rigolotes.

Chat-lut !

LE CHÄT-Ô EN FOLIE

Miniromans de
Alain M. Bergeron – Fil et Julie